KB053049

가끔은 그저 흘러가도 돼

바리수

PROLOGUE

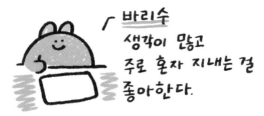

바리수
생각이 많고
주로 혼자 지내는 걸
좋아한다.

그래도ㅡ!
주기적으로 사람 만나야됨

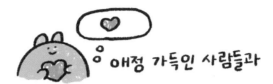 애정 가득인 사람들과

세상을 바라보며
느낀 일들의 이야기를
가득 담았어요.

CONTENTS

PART 1.
내가 가진 것들을 안아줘야지

PART 2.
조금씩, 분명히 나아질 거야

PART 3.
서로의 하루를 더 따스히

PART 1

내가 가진 것들을
안아줘야지

결국엔 다 잘 된다구

모든 경험들로 자랄 거야

지금 힘든 일들 모두
훗날 좋은 일로 피어날 거야

그러니까

걱정말고 즐기자 우리 ☺

어떤 날의 나여도 괜찮아

어떤 날은 하나같이 엉망이야

때때로 웃고 때때로 울겠지만

모두 같은 하루인걸

그 흐름 위를 멋지게
타게 되는 날도 올거야

예측할 수 없는 매일이지만

그 안에서 빛을 볼 수 있다면

어떤 날의 나여도 괜찮을 거야.

그래도 괜찮아

나에게는 나쁜 습관이
하나 있는데

좋은 일이 생기거나

사랑을 받으면

온전히 받아들이지 못하고

과분한 일이라고 여긴다

(절레절레)

그래서 자주
내 것이 아니라며 뿌리쳤다

하지만 그런 일들은
당연한 게 아닐 뿐

과분한 건 아니지 않을까

과분하더라도
안 될 건 없지 !

나에게 주어지는 모든 것을
기쁘게 받아들여야지

쌓아온 힘

자신이 없을 땐

나는 내가 살아온 날들을
믿곤 한다

좋은 것들을 보고 느끼며

차근차근

지금까지 보내온 시간들을

구체적인 형태는 없더라도

따뜻한 이야기

좋은 사람들과의 시간

수많은 경험들

사랑

내 안에 차곡차곡 쌓여 힘을 줄 거라고

건널 수 있을까..

때때로 어려운 일이 다가올 때가 있겠지만

그럴 땐,

나를 믿고 힘껏 뛰어야지

당연한 모순

스스로를 모순적이라고 느꼈다

그래서 한동안 주장을
내세우는 일이 어려웠지만

가치관과 생각이
끊임없이 새로워지는 건
너무나 자연스러운 일이라는 걸

나뭇잎이 계절에 따라 색을 바꾸듯,

구름의 모양이 끊임없이 변하듯

너무나 자연스러운 일이었어.

자연스러운 일에 괴로워하지 않을래.

나이 드는 일

나이가 들어가는게
싫지만은 않다

시간이 흐르면서
마음에 여유도 생기니까

그땐 이해할 수 없던 일도

속상하기만 했던 일도

이제는 큰 마음의 동요없이
지낼 수 있게 된다

차곡차곡 쌓이는 나이만큼

내 마음의 그릇도 넓어진다고 생각하면

오히려 기쁜 일이야.

나이만 먹은 못된 어른은

되지 않을 거라고 다짐!

마음의 문장

마음에 품고 사는
문구가 있다

인내심을 가져라.
모든 것은 적절한 때에
너에게 온다.

모든 것이 막막할 때

이 문구를 떠올리면

조금이나마
과정을 즐길 수 있다

삶은 내게 다양한
시련을 주곤 했다

그것을 견뎌내는 일이
쉽지만은 않지만

모든 일에는 해결책도 있는 법

지금
알 수 없는 것들을

가끔은 시간이 해결해준다

차분히 나의 일을 해야지

그런 하루들이 모이면

언제 그랬냐는 듯이
사랑스러운 날이 오겠지 ☺

힘든 일, 어려운 일이 생길 때면 그 문구들을 혼자 되새기며 이겨내려고 노력해요. 그러다 보면 어느새 다 지나가 있고 그 경험들로 많은 깨달음도 얻게 되었던 것 같아요.

요즘은 불안한 마음이 들 때면 '아, 내가 지금 불안하구나.' 하며 제 마음을 빠르게 알아차리려고 노력해요. 그 이후에는 심호흡을 한다거나 간단하게 명상을 해요. 그러면 마음이 한결 나아져요. 내 마음을 바로 알고 그에 맞는 좋은 생각들을 스스로에게 해 주면 금방 그 혼란 속에서 빠져나올 수 있게 되어요.

나의 숨만큼만

그들에게 욕심은

자칫 큰 사고가 될 수 있기
때문이다

그러니 서로에게
중요한 약속으로 이어져 오는 것

무리하며 지낼 때가 있다

우리들에게도 필요한 것

욕심 부리지 말고,
나의 숨만큼만

오늘 하루도 욕심내지 말고,
딱 너의 숨만큼만 있다 오거라

34

사랑 가득하게

마음이 충만하게 살래

잠깐 멈춰서서 계절을 느끼고

사랑하는 사람들과
자주 웃고

정말 소중한 걸 나누면서

마음에 사랑을 가득 채우면서
그렇게 갈래

엄마의 행복

요즘에는 엄마와의
시간이 많아졌다

오늘은 엄마와 산책하러

집 주변 한탄강에 갔는데

가는 내내
엄마는 노래 부르며

나에게 너무 좋지 않냐고 물었다

목적지에 도착한 우리는
카페에 들어가

빵과 커피를 주문했다

우리는 강이 보이는
야외좌석에 앉았고

지친 몸을 디저트로 달래고 있었다

한참을 마시고
떠들던 엄마는 내게 말했다

정말 행복한 표정을 짓는
엄마를 보며

ㅋㅋㅋ 응 행복해

나도 덩달아 기분이 좋았다

집에 오면서 이런 생각을 했다

내 일상 구석구석에
이런 행복들을 가득 채우고 싶다고

정신없는 나날들 속에서도

조용히, 하지만 언제나 피어있을
순간들을 알아차리고 싶다고

순간을 음미하는 여유를 갖기

충만한 일상을 보내요

행복은 강도가 아닌 빈도다

무언가를 목표로 삼고
성취해 내는 것도 행복이지만

성취의 행복을
얻은 뒤에는

금방 당연시하고
속상해 하곤 한다

일상 속 소중함을
충분히 느끼고 있어야

다양한 행복들을
진정으로 기뻐할 수 있다

어디서나 행복을 발견하고

고맙습니다

오래오래 음미해야지

자주 감동하고

자주 감사해야지

그 마음의 힘으로

충만한 일상을 보내야지

이 지금

아이유의 '이 지금'은
내가 일상적으로 듣는 노래

노래도 넘 좋은데
가사가 아주 반짝반짝 하다

행복은 습관

나는 종종 행복이
사라질까 걱정하곤 했다

대학생 시절에

동기들끼리 등촌 칼국수
먹는 걸 정말 좋아했는데

그때 동기언니의 말은
여전히 내 마음에 남아있다

이제 나는 언니의 말에
동의할 수 있다

행복은 내용만 다를 뿐
언제나 주변에 있다는 걸

행복도 습관이라는 걸

인생에서 힘든 순간도 분명 있었고

즐거운 날들이 다시 오기는 할까 했던 시기도 있었지만,

그 시간 동안 내 주변에 있는 행복을 찾는 방법을 배웠어.

이젠 내가 가진 것들이 당연하지 않다는 걸 알아.

행복 요정

대신 행복으로 채워줄게

좋은 일 가득할 거야!

행복해져라!

가끔은

가끔은 무리할 수도 있고

가끔은 멈춰 서서
지금을 느끼는 날도 있겠지

어떤 날은 걷는 것조차
힘이 들 거야

정해진 속도는 없어

오늘의 걸음에 집중하는 거야

그날 그날의
걸음을 그냥 걷는 거야

왜 쉬었지?

왜 뛰었지?

중요한 건 그 날의 나를
탓하지 않는 것

어떤 날은 무리할 수도 있고,

어떤 날은 푹 쉴 수도 있어.

중요한 건 그날의 나를 탓하지 않고

고마워하며 나아가는 일.

봄은 온다

하나 둘 싹이 트고
저마다의 색을 칠한다

창문을 활짝 열어두어도
춥지 않은 봄이 찾아왔다

이렇게 오고 가는 계절처럼

늘 삭막할 것 같던 날에도
햇살이 가득 차는 날은 온다

봄은 분명히 찾아온다

내가 가진 것들을 안올래

'나에게도 있었으면'
하고 바라곤 했지만

그걸 다 가진 나는
더이상 내가 아닐거야

나에게 맞지 않는 걸
탐하기 보다

내가 가진 것들을
안아줘야지

견생의 진리

유일무이

세상에는 그림을 그리는
사람도 많고

잘하는 사람도 가득하다

그래서 나의 이야기는
볼품없다고 느끼곤 했다

여전히 내 그림에
완벽한 자신감은 없지만

이런 확신은 있다

세상에는 다양한 이야기가
있지만

나만이 표현할 수 있는
이야기가 있다는 것

나의 이야기는 유일하게
나만 표현해낼 수 있는 것

주눅이 들 때면 스스로 잊고 있는
분명한 사실을 말해 주자.

너는 너 하나고, 너만이 표현하고
해낼 수 있는 것들이 너의 안에 있어.
숨기지 말고 그 이야기들을
마음껏 펼쳐 내면 돼.

지금 이 순간

늘 의식적으로
순간에 집중하려고 한다

모든 시간은 저마다의
고유한 특별함을 지니고 있다

그 순간의 인연

그 순간의 즐거움

그 순간의 나

오로지 그 시간에서만
느낄 수 있는 것들을

시간이 흘러 그리워하기 보다

순간에서 음미하고 싶어서.

내가 있는 여기에서의
순간을 생생하게 느끼고 싶다

자, 이제 시작이야

이미 지나가 버린 일들을

자주 그리워하며 시간을 보냈지만,

그보다 더, 지금과 앞으로의 날들이

반짝일 거라는 걸 기억해.

기승전해피

늘 좋을 수도 없고

늘 웃기만 할 수 없겠지만

그 끝은 언제나
밝은 마음이길 바란다

뜻밖의 계획

그렇게 생각하면

그 시간을 덜 불안해하며
보내게 된다

일이 마음대로 흘러가지 않을 땐

마미손의 노래를 떠올려 봐.

"오케이 계획대로 되고 있어."

지금 당장은 알 수 없겠지만

어떻게든 좋게 흘러가고 있다고 막연히 믿어.

세상일은 조금 더 길게 보면

오히려 좋을 때가 많으니까.

될 일은 된다

마음이 자꾸만
급해질 때면

차근차근

숨을 가다듬고
여유를 되찾자

1) 알아차리기

지금 서두른다!

2) 마음 살피기

괜찮아..!

서두르지 않는 연습을 하자

순간을 느끼며
가자!

될 일은 어떻게든 될 테니까

진인사대천명

마음이 조급할 때, 불안할 때

"진인사 대천명"

사람이 할 수 있는 일을
다 한 후

잘 될 운명이야

결과는 운명에 따르라는 말

불안에 떨거나, 긴장해서
되려 일을 그르친 적이 많았다

그럴 때, 진인사 대천명!

그리고 자신감도 한 움큼!

무엇이든 과정은 나의 몫이고

결과는 내 손 밖의 일

최선을 다 하고
어느 정도는 운명에 맡기자

자주 내 몫이 아닌 일까지 내 힘으로 해 내려고 애쓰곤 했어.

내가 해야 하는 일이 있으면 시간이 해야 하는 일도 있는 것.

내 몫에 최선을 다하고 나머지는 시간에 맡기는 여유도 필요해.

TO. 하늘

그래도 도와줄 거지요?

바리수 그리는 방법

 1) 반 원을 그려주세요.

 2) 길쭉한 귀도 2개!

 3) 넓게 물결모양을 그려주세요.

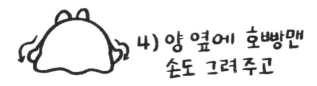 4) 양 옆에 호빵맨
   손도 그려주고

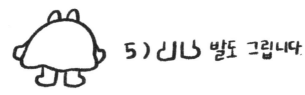 5) ﾚﾚ 발도 그립니다

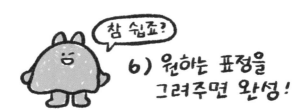 참 쉽죠?
6) 원하는 표정을
   그려주면 완성!

자취 첫 날

본가에서 정말 편하게
세월아 네월아 지내다가

서울에 짐을 다 옮기니

왠지 모르게 쓸쓸한 느낌

엄마 아빠가 옮겨준 짐을
정리하면서

으허엉..

혼자 엉엉 울었다

(따뜻..)

그러다가 잠이 들었다

깨고 나선

(단순) 슈크림빵?

동생이 가져온다는 빵을
설레는 마음으로 기다리고

변화는 언제나 낯설지만
자란다!
이 또한 다 적응이 되겠지

잘 지내자~

잘 부탁해~ 내 방아 ♡

실타래 같은 하루

그래서 마음이
답답했나

어디서부터
꼬인 건지 모르겠지만

하루하루 풀 수
있을 거라는 걸 안다

자주 엉켜버리는 일상이지만

나름대로 푸는 재미가 있지

약간의 게으름을 피우면 꼬여 버리는 하루.

마음도 덩달아 복잡해지지만

차근차근 풀다 보면

이제 웬만한 꼬임에는 당황하지 않게 될 거야.

마음은 모래 같아요

마음이 시끄러울 땐
바람부는 모래사막 같다

모든 잡생각들이
둥둥 떠다녀서

도통 차분해질 수가 없다

그런 마음을 살펴보는
일을 좋아하는데

그럴 땐 모래가 가라앉듯

마음도 시간이 지나면
언제 그랬냐는듯 가라앉는다

약간의 시간이 필요할 뿐

마음도 가라앉을 시간이
필요해요

쉼을 허락하세요

어쩌면 기회를 놓칠까

멈추면 뒤처질 것만 같아서

나에게 휴식을
허락하지 않았던 것 같다

여전히 균형을 맞추는 건
쉽지 않은 일이지만

그래도 틈틈이 되돌아보며

나에게 쉼을 허락해야지

조금씩 단단해져

멘탈이 약한 나는
자주 흔들리고 지치곤 한다

그런 내가 지겹기도 하고

스스로 자책하기도 했지만

처음부터 멘탈이
단단한 사람은 없다고 한다

크고 작은 역경과 상처를 겪으며
다시 일어나는 거였다

지친 자신에게 자책보다는
적절한 위로와 휴식을 주는 것

그렇게 나를 돌보며
조금씩 단단해지는 게 아닐까?

퀘렌시아

나를 위한 쉼이 필요할 때
나만의 퀘렌시아로 ~

♡ 퀘렌시아 란?
ㅇ 스페인어로 '안식처'라는 의미
투우경기에서 소가   위협을
피하며 숨을 고르는 곳

⬇

치열하게 사는 현대인이 +♡ +♥
몸과 마음을 쉴 수 있는 공간.
재충전의 공간

코로나 블루 때문인지, 기분 탓인지

헛헛하다..

며칠 동안 축 처져있었다

격하게 아무것도 하기 싫은 기분

암 것도 안 하고 싶다

방에 들어가서 조용히 책을 읽고

잠이 오면 그대로 쿨쿨 ~ ㄹ ㄹ

오늘은 덜 봐야지!

특히, 인스타! 유튜브

핸드폰은 조금 멀리 하고

혼자 두시오

내가 좋아하는 곳으로 도망!

정신없는 요즘이지만
숨 고르는 시간은 꼭 챙겨야지

마음 쉴 틈 없이 바쁜 나날이지만

내 몸과 마음이 쉴 수 있는

공간과 방법이 있다면 천하무적!

어떤 믿음

아이유가 미신처럼 믿는다는

「YOUTUBE
- 아이유 집콕시그널2
아이유 × 김이나 작사가 편」

분홍신 속의 가사 한 구절

김이나 작사가 또한
아이유에게 보낸 최선의 응원이라던
분홍신의 가사

(아이유 - 분홍신 中)

♬ 내 운명을 고르자면 ♬

♬ 눈을 감고 걸어도 맞는 길을 고르지 ♬

사실 우리가 나아가면서 우리를 불안하게 만드는 것은

'이 길이 맞을까?'라는 걱정이다

그래서 더 자신이 없고,

머뭇거리게 되곤 한다

아이유 또한

그럴 때마다 이 구절을 떠올렸다고 한다

내가 걷는 길이 맞고,
결국에는 잘될 거라는 믿음

어떤 믿음은, 어떤 말은
우리를 더욱 더 나아가게 한다

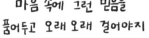

마음 속에 그런 믿음을
품어두고 오래 오래 걸어야지

눈을 감고 걸어도
맞는 길을 고르지

20살은 처음이라

겉은 반짝였지만

마음 속은 가장
어두웠던 20대 초반

성인이 되어서 어떻게 살아가는 게
나에게 맞는 건지 몰랐다

겉으로 좋은 것만 보였고

마음은 어두웠지만

남들에게 멋지게 보이면

응 인정

좋은 삶인 줄 알았다

끊임없이 남과 비교하면서

뒤처질까 두려웠다

강박적으로
몸무게에 신경쓰며

거식과 폭식을 넘나들었다

하나도 안 행복해

점점 무채색이 되는 날
발견한 건 23살이었는데

아무 것도 즐겁지 않았다

내 삶이...
무채색이 된것 같다

그렇게 일기장 안에는
어두운 마음만 쌓여갔다

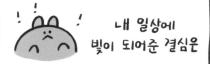

내 일상에
빛이 되어준 결심은

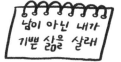

남이 아닌 내가
기쁜 삶을 살래

단순했지만 지금까지
나에게 많은 힘을 주고 있다

여전히 많은 것들을
은연 중에 강요 받지만

기죽지 말고 저마다의 색으로
마음껏 반짝이길

되돌아보면 힘들었던 날에서

가장 많은 생각과 배움을 얻었고,

그 힘으로 앞으로 나아가고 있기도 해.

누가 정해둔 건지도 모를 많은 의무에 덜 힘들어하고,

나의 길을 나만의 속도로 걸으며 더 즐겨야지!

풀잎마다 요정이 있어

그러면서 종종 괜찮아.

내 곁에도 그런 존재가 있을까
하고는 떠올렸다

지칠 때는
그 말을 믿어 보기도 한다

해! 겨!

나의 곁에는 항상
응원해주는 존재가 있다고

그게 보이든 보이지 않든
언제나

가끔은 막연하게 나를 응원해 주는

요정 같은 존재가 있다고 믿어 봐.

무한한 응원을 해 주는 그런 존재를

상상하는 것만으로도 나아갈 힘이 생기곤 해.

PART 2

조금씩,
분명히 나아질 거야

하루하루 나아질 거야

힘든 날이 계속 이어지면

하루예보

오늘   내일   모레

앞으로의 모든 날이
이럴 것만 같은 생각이 든다

그럴 때
스스로를 열심히 응원한다

내일은 더 나을 거라는
굳은 의지로 나아간다

오르락 내리락하는 날들에

잔잔해지는 날이 온다는 믿음

분명히 나아진다
늘 그랬듯이

기분에 3단계가 있다면

나는 늘 좋음 근처에
머물기 위해 노력하는 편이다

기분이 저기압이라도

금방 회복할 수 있는 지점

그래서 내 생각의 흐름을
유심히 살펴보곤 한다

필요 이상으로

너무 불안한 건
아닌지

심각한 건
아닌지

부정적인 쪽으로
치우친 건 아닌지

흐름이 나를 힘들게 하는 곳으로
치우치게 되면

좋은
생각

노래

책

행동

얼른 나서서 흐름을 바꾼다

빠르게 알아차리고

깊게 들어가지 않기!

겸허히 걷자

지난 일기를 펼쳐보면
모든 날들이 알록달록하다

하고자 하는 일에 대한 고민

누군가를 향한 애정

빈번한 우울감과

종종 찾아오는 힘찬 하루

사이사이를 메꿔주는
몇 가지의 글귀들까지

열심히 하루하루를 보내며
걸어온 많은 순간들

늘 좋을 순 없어

삶에서의 희노애락을
인정하고

'지금'   '여기'

오늘의 순간을 겸허히 걷자

혹시라도 억울한
기분이 들려고 하면

난   불운해

'난 불운해'라고 생각하지 말고

'이걸 잘 이겨내면 행운이 올 거야'
라고 생각하라

by 마르쿠스 아우렐리우스

일상에서 어려운 일을
마주하면

왜

내 앞에..!

곧잘 좌절하고 무기력해졌지만

조금 힘들더라도 이겨내면

오!

이럴 땐..!

살아가는 지혜를 얻을 수 있었다

그리고 어김없이
선물같은 날도 찾아오곤 했다

내 안에 소중한 혼자만의
장소가 있어

아직은 별 거 아닌 풍경이지만

조금만 기다리면
곧 만나게 될 걸

이 안에 멋지고 놀라운 걸
심어뒀는데

아직은 아무 것도 안 보이지만

조금만 기다리면 알게 될 거야
나의 비밀정원

아마 언젠가 말야
이 꿈들이 현실이 되면

할수있다!

함께 나눈 순간들을 이 가능성들을
꼭 다시 기억해줘

멋지고 놀라운 걸
나의 비밀정원

이 노래를 듣고 있으면

언젠가 마주할 꿈의 순간들을
설레며 기대하게 된다

매일의 점

내가 매일 매일
행동을 하는 이유는

매일의 작은 점들이 모여서

내 꿈이 이뤄지는 걸
알기 때문이야

내가 있는 자리에서 오늘의 하루를 바라보면 아무런 힘도 없는 시간 같지만 사실 모든 일은 이 하루들이 쌓여서 생긴 걸. 가지고 있지만 보이지 않는 힘을 믿으며 날마다 나아가면 어느 날 그 시간은 나에게 선물 같은 사건을 만들어 줄거야.

모소 대나무

모소 대나무는 그 시간 동안

뿌리를 단단하게 내리고
있었던 거예요

이렇게 자라나기 위해서요

때때로 내가 하는 일이
나아지지 않아서

속상한 사람들에게

때때로 나아가는 길이

너무나 멀게만 느껴질 때가 있어요.

그럴 땐 지금

튼튼한 뿌리를 내리는 중이라고 생각하며

그 하루를 힘차게 살아내야겠어요.

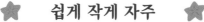

쉽게 작게 자주

힘이 많이 들어간 이야기는
많은 에너지가 소모돼서

금방 지치곤 했다

슬럼프는

잘 해야 한다는 부담감에
오곤 했으니까

무언가를 행하고 이뤄낼 때
힘을 빼는 연습이 필요하다

쉽게 할 수 있는

1컷만

작은 것들을

가벼운 마음으로 자주 하는 것

그러다 힘이 생겼을 때는
조금 더 큰 행동을 하기도 하면서

여전히 어려운 일이 많지만

차근 차근

그럼에도 조금씩 나아가고 있다

그렇게 조금씩

꽈악 꾸욱

내 꿈에 끈질긴 사람이 되어야지

소원이 생길 때면

고3 때부터,
원하는 일이 있을 때면
꼭! 글로 적었어요.

난 영국에서 산다!
그림으로 먹고 산다!
다짐!

이런 식으로 말이에요. (쑥스)

억지 덕분인지 꽤 많은 일들이 이뤄지곤 했어요.

라고 생각할 수도 있지만

우리의 가능성은 무궁무진 해요!

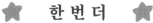 한번더

게으른 마음에게
힘을 길러주는 방법 중 하나

그럼 다음 번에는
조금 더 할 수 있을거야

호박이 땅콩만할 때

통에 넣어두면
딱 그만큼만 자란다

그런데
사람도 그렇다

by 존 맥스웰

우리는 종종 가능한 일인데도

못할거야

스스로를 과소평가하며
포기해버린다

스스로를 안에 가두면서,
그곳은 안전하고 편하니까

하지만
꼭 기억해야 할 건

우리는 우리의 생각보다
더 큰 힘을 가지고 있다는 것

그러니
한계를 두지 말고

두려워 말고

활짝 피어나길

우리는 모두 같은 지구에 살지만 저마다 다른 각자의 세계 안에서 살고 있어요. 한때는 내가 생각하고 지내는 것이 세상의 전부라고 생각했던 적이 있었어요. 하지만 세상은 넓고 세상을 바라보는 시선은 사람의 수만큼 다양한 거였어요.

여전히 새로운 시각들을 배우고 싶고, 내가 가지고 있는 스스로의 한계를 이겨내고 도전하고 성장하고 싶어요. 지금 내가 생각하는 한계점들과 편견도 결국은 내가 깨고 나와야 할 것 중 하나일 테니까요.

☆ 열 정 ☆

요즘은 이런 생각을 한다

이 시작이, 행동이 나를
어떤 곳으로 안내할지 모른다!

처음 작은 노트에 그린 그림이

아주 오래 그려지게 될 지

감 성
충 만

토독,,
토독,,

하루 하루 적은 소소한 글이

에세이
'나, 잘 알지도 못하면서'
(가제 혹은 없음)

책으로 나오게 될 지

처음 그때의 나는
그런 기회가 올 지 몰랐을 텐데

그래서 이런 마음으로
하루하루를 지내고 있다

촛불 하나의 가사에서

촛불 하나를 켜서
또 다른 촛불을 찾아내듯이

시작과 꾸준함은 언제나 저에게

새로운 기회를 주곤 해요.

이미 이뤄놓고도

 그냥 하자

예전에는 힘들면 포기했다

이건 나의 것이
아니라고 생각했다

이제 나는 안다

가능성은 무한하고
내가 나를 믿으면 된다는 것

흠..

모든 일이
그저 쉽진 않지만

반드시
방법이 있을거야

아하!

그리고 분명 그 안에는
상상도 못 할 기회들이 있겠지

완벽을 추구하기보단

그냥 계속 계속 하기,

잡생각 안 하기, 그냥 하기.

기회의 신
카이로스

앞머리가 무성한 이유
: 나를 금방 알아차리지 못하게 하고,
  발견했을 때 쉽게 붙잡을 수 있게

대머리인 이유
: 지나가면 잡지
  못하게 하기 위해

저울이 있는 이유
: 기회가 있을 때
  저울로 정확히 파악하라는 의미

날개가 달린 이유
: 최대한 빨리 사라지기
  위해

칼을 든 이유
: 칼같이 결단하라는 의미

ㅇ ㅋ

기회가 왔을 때
정확한 판단과 결단을 내리고

앞머리를 꽉 움켜잡을 것!

안돼, 돌아가!

(미끄덩)

지나치면 다시 잡기 어려우니

종종 마주하는
기회 앞에서

머뭇거리고, 보지 못한 채
놓치곤 했겠지만

그것 또한 연습일 테니

다가오는 기회에는 과감히
손을 뻗어야지

그리고 나도 열심히
찾아 나서야지

스스로를 믿어줘

선택을 한 후에는
스스로의 선택을 믿어줘야 한다

이 모든 것은 내 선택이었고
난 그걸 책임질 수 있다

이런 담대한 마음을 담고 있으면
무엇이든 할 수 있다

서툴더라도

그림 ☺   독서 ☺   산책 ☺

꾸준히 하고 싶은 일을
정하고 시간을 비워두기

오!!!

보이지 않아도
서서히, 분명히 쌓인다

!!

기회

기회는 행동에서
온다고 난 믿는다

완벽하게 하루의 양을 다 채우지 못하더라도 꾸준히 매일매일 행동하는 것에 의의를 두고 있어요. 그것들이 제 일상의 활력을 주기도 해요.

앞으로 꾸준함의 근육을 키워서 무엇을 하더라도 기어이 해내는 사람이 되고 싶어요.

먹구름이 사라지듯

조금씩, 분명히 나아질 거야

일상을 소중히 가꾸자

일상은 뿌리와 같은 것. 일상이 엉망이면 뿌리가 약해져 금방 상해 버리고 말 거야. 튼튼한 뿌리를 가지고 있는 나무는 웬만해선 쓰러지지 않아. 그런 튼튼한 뿌리를 가지려면 튼튼한 일상을 만들어야 해.

① 바깥 생활 주기적으로
(햇빛 가득 쐬기오~)

② 매일 할 수 있는 운동 찾기

빨리 걷기 30분

③ 하루의 끝에서
   기분 좋았던 일 되뇌이기

④ 마음을 나눌 수 있는
   존재와 자주 함께하기

⑤ 잠자리를 쾌적하게

⑥ 내가 생각한 것보다
   심각하지 않다는 걸 알기

누구나 알고 있지만

지키기 쉽지 않은 방법.

하지만 방법을 알아 두면

언젠가 톡톡히 그 힘을 발휘할 거야.

모르는 게 약일 때도 있지만,

이런 건 아는 것이 힘.

무기력에 대처하는 자세

첫번째, 그대로 둔다

두번째, 억지로 움직인다

나는 왜

늘 우울은 나의 문제라고
여겼었는데

나야 나

보통은 뇌의 문제라고 한다

그래서 이럴 때일 수록
생각을 조심하곤 한다

심 수 굴

최대한 햇빛을 많이 쬐고

좋아하는 활동도 하면서

스스로가 무기력에서 나오도록
도와주려고 한다

믿을 수 없겠지만
분명히 더 나아진다

기분

시간

하루하루 더 좋아진다

161

내 마음과 친해지는 방법

울적할 때의 과소비를
경계 한다

헛헛한 마음을
즉각적인 쾌감으로 채우면

헛헛한 마음이 오히려 또렷해진다

그래서 그런 마음이 들면
다르게 해소하려고 한다

차근차근 알아가는

내 마음과 친해지는 방법

생각보다 별거 아니야

언제 무슨 일이 일어나든,

어떤 상황이든

다 감당할 수 있다

(수전 제퍼즈 - 자신감 수업中)

매일 매일 다른 날을 지내며

다양한 사건을 마주하게 되는데

OMG..

되도록 일어난 일이나 감정을
객관적으로 보려고 노력한다

최악의 상황보다는
다른 시선으로 방안을 생각하기

가벼운 마음으로

움츠리지 말고

내 안에 더 큰 힘이 있음을
분명히 알아야지

여전히 겁이 나는 일이 많지만

이제 움츠리지 않고 그 일들과 마주하기로 해.

내 안에 있는 단단한 힘과 함께,

분명히 생각보다 별거 아닐걸?

심각한 안경

166

생각을 풀어 주는 연습이 필요해.

⭐ 라벨링 효과 ⭐

타인이 붙여주는 것보다

스스로 내게 붙이는 것이
더 중요하다고 생각해요

실제로 저는 정말 부정적인
사람이었는데

셋째 언니의 영향으로
정말 긍정적으로 변했어요

(실제 네x버 닉네임: 임긍정)

스스로에게 '긍정'이라는
라벨을 붙이고 살았거든요

지금도 원하는 모습이 생기면
그 단어를 내 것이라고 생각해요

정해진 모습은 없어

단어는 저마다
다른 힘을 가지고 있고

내가 정한 나의 키워드가
앞으로의 나를 만든다고 믿어요

미룸이와 우울이

미루는 일이 많아지면
쉽게 우울해진다

서로가 서로를 끌어들이는
미루기와 우울감

그 굴레가 계속되면
끊임없이 아래로 내려간다

설거지 한다!

그래서 되도록 바로 처리하고

미루는 걸 줄이려고 한다

하.. 미룰까

아냐 5분만!!

미루는 순간에 조금 더
힘을 내서 바로 하는 것

뿌듯 뿌듯

건강한 일상의 시작이다

우울 대처법

자주 울적한 스스로를 위해
다양한 처방책을 가지고 있어요

① 초용한 카페에 앉아있기

멍～～～ !

② 누워서 우울감 만끽 하기

흑.. 흐흑..

③ 자연 볼 수 있는 곳 가기

④ 코인 노래방 가서 노래 부르기

⑤ 일기에 하소연하기

이외에도.. 브런치 먹기, 청소하기 등..

가장 좋은 선택

너무 많은 걸 생각하면

아무것도 할 수 없게 돼

가끔은 그냥 해버리는게
가장 좋은 선택이야

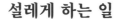 **설레게 하는 일**

나의 하루에 빛과 같은
일이 하나라도 있다면

설레게 하는 모든 일은
중요하다

그로 인해 내일을 기대하고

자그마한 기쁨이 된다면

타인에게 피해주면 ✕

맘껏 그 일을 즐겨도
정말 괜찮다

일상 속에 단비 같은 설렘을 가지고 있다면

그 자체로 축복.

설렘이 있는 날들은 소중해.

절대 그 설렘들이 빛을 잃지 않도록 아껴 줘야 해.

내가 살아온 20대에
후회가 없는 이유는

☆도 전☆

하고 싶은 건 다 해봤기
때문이에요

20대 초반에
찾아온 우울감 덕에

그림을 그리는 사람이 되었고
(봐주셔서 감사해요♡)

도전을 좋아하고 궁금한 건
참을 수 없던 성격 덕에

궁금한 알바는 전부 해보았어요

덕분에 이런 근자감도 생겼어요ㅋㅎ

이곳 저곳 후회없이 여행도 다녔어요

영국이라니..
(버킷리스트
- 해외 생활 하기)

그리고 오래 소망하던
영국워홀도 다녀왔어요

최근에는 정말
이런 생각이 들었어요

후회 없다!

지나온 날들에 후회가 없다는
생각이요

누가 내그림을 보나..

무서워..

고민스러웠던 나날도 많았지만
그럼에도 나아가고 싶었어요

진부한 이야기지만,
전 여전히 꿈꾸면 이뤄짐을 믿어요

그 마음이 후회없는 날들을
만들어 주었으니까요 :)

 정해진 길은 없어

첫째 언니는 고등학교
졸업 후에 바로 취업했고

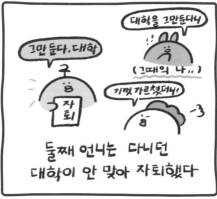

둘째 언니는 다니던
대학이 안 맞아 자퇴했다

셋째언니는 퇴사 후에
세계를 누비며 여행했다

많은 사람들이 가지 않는 길을
간다는 건,

여긴 길이 없어

나에겐 세상이 무너질 것
같은 느낌이었다

하지만 언니들의 삶도
꿈도 여전히 계속 되었고

그땐 언니들 큰일 나는 줄

잘 먹고 잘 사네!

그 길들이 생각보다
무서운 길만은 아니었다

용돈 받아랏~

FLEX

어디서 살아볼까?

다 내가 좋은가봐

바쁘다
바쁘

아니, 오히려 더 근사하고
자신에게 어울리는 길이었다

한 사람의 용기는

또 다른 누군가의 용기가 되어 주곤 해.

⭐ 기록의 힘 ⭐

짧게라도 하루를
기록하려는 요즘

생각해보니..
아까는 서운했어
응

일기를 쓸 때 비로소
나의 내면과 마주하게 된다

일기는 지난날의 내가 지금과 미래의 내게 주는 지침서.

일기를 쓰면서 점점 더 내면의 밀도가 높아짐을 느껴.

순간들의 내가 만나는 공간, 바로 일기!

부모님께 받은 세 가지

경제적 지원은 적었지만,

덕분에 얻은 자생력과 독립심

마지막으로,
그림을 좋아하는 마음을 주신 것

투정도 많이 했지만
돌아보니 정말 감사한 일

나에게 든든한 힘을 주는
세 가지 ☺

★ 나 키우기 ★

요즘은 의식적으로
자극적인 콘텐츠를 멀리 한다

특히, 비방이 과하거나

아무개 : ㅋㅋㅋㅋ #◎~,
진짜 한심하다 쯔쯔
(욕설 ~ 대잔치)

욕설이 섞인 것은 더더욱

나도 모르게 그것들을
흡수하고 배우는 것 같았다

개인적으로 정신 건강에
무척 신경을 쓰는데

그런 자극이 나에게
안 좋은 영향을 주곤 한다

자주 주관을 잃었고,

여전히 휩쓸리고 있다

어렸을 적
좋은 것을 보여주고 주는 것은
부모님의 몫이었지만

다 자란 나에게
좋은 것을 보여주고, 먹이는 것은

이제 온전히 나의 몫이다

스스로에게 좋은 것을 보여주고

그것들을 하나 둘 쌓아가야지

그렇게
좋은 그림과 이야기를
그리고 써야지

생각을 조심하라. 말이 된다.

말을 조심하라. 행동이 된다.

행동을 조심하라. 습관이 된다.

습관을 조심하라. 성격이 된다.

성격을 조심하라. 운명이 된다.

우리는 생각하는 대로 된다.

- 마가렛 대처 (Margaret Thatcher)

요즘은 하루를 되돌아보며
감사일기를 쓰고 있어요

누군가와 비교하며 작아질 때도

스스로가 별로인 것 같을 때도

어쩌면

내가 가진 것들을 당연하게
여기고 있었던 것 같아요

사회문제 코로나

요즘처럼 뒤숭숭한 시기에

행복하고 감사한 마음을
갖는 것조차 사치인 것 같지만

그럼에도 여전한 사랑

럭키!

우연한 행운들

자그마한 기쁨들에
감사하고 있어요

내가 가지고 있고
누리고 있는 수많은 것들에

진심으로 감사하며
매일을 보내려고 해요

그렇게 된닷!

만족하며 즐겁게 살면서
성장하는 사람이 될 거예요

PART 3

서로의 하루를
더 따스히

연연하지 않는 마음

너무 많은 것에
연연하지 않고 싶어

지나간 것은 지나간 대로 두고

별거 아닌 일은
그냥 넘기는 마음

멀어지는 인연에
자연스러움을 받아들이고

욕심 부리지 않는 마음

그런 마음을 가지고 싶어

좋은 사람에게 더 잘하기

그런 나에게
꼭 필요했던 질문

어떤 관계를 맺고

누구에게
애정을 쏟아야 하지?

서로를 애정으로
바라보는 사이

서로가 서로에게 좋은 사이

일방적인 관계가 아닌

상호 존중의 관계

소중해

특별해

서로에 대한
마음의 온도가 따뜻한 사이

소모적인 관계보다
좋은 사람에게 더 잘해야지

좋은 사람들의 온기 속에서

오래 오래 행복해야지

나는 나여서 사랑스러워

나는 지구에서
유일 무이

나는 나여서 사랑스러워

우리 모-두♡

내가 가지고 있는 것들을 더욱 소중히 여길 거야.
그 모든 것들이 나를 다른 사람들과 차별화하고
특별하게 만들어 주는 거니까.

나를 더 소중히 할거야

좋은 책을 읽고

좋은 생각을 하고

좋은 말도 많이 해줘야지

 내 몫을 다부지게

누구와 비교할 필요없이

불안해 할 필요없이

나의 시간 안에서

내 몫을 다부지게 해내면 되는 것

~는 뭐 한대

~는 어떻대

?!

?!

그런 생각들로 에너지 소모할 필요없이

지금을 충실히

오늘의 할일
• 줄기기 ♥
• 연습하기 ♥
• 그리기 ♥

나의 손이 닿을 수 있는 것들로 차근차근

주변을 살피며 불안에 떠는 날이 있어.

사실은 나는 내 몫의 일만

잘 해내면 되는 건데.

주변 살필 힘을 아껴서

나의 일에 가득 집중해야지.

안 물렁합니다

(쿠크다스 재질)

멘탈이 약한 나는
자주 흔들리고 지치는 편이다

게다가 회피하는 성향이
있는 탓에

몰라   몰라

도망치려고도 한다

하지만 도망치는 건
더 큰 잡념을 가져왔고

결국에는 마주해야 해결됐다

뭐냐!

?

(생각보다 늘 별 거 아님)

지치고 혼들리는 일은
내 일상의 주기적인 일이 되었고

조금씩 성장한다는
마음으로 맞이하고 있다

물렁!

단단!

항상 단단할 수만은 없고
늘 단단하기만 한 사람도 없다

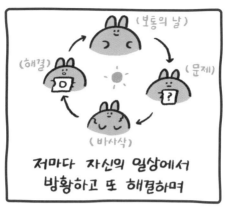

저마다 자신의 일상에서
방황하고 또 해결하며

그렇게 조금씩 다양한
상황들에 노련해지는 것 같다

비 온 뒤에 땅이 굳는 것처럼
그렇게 서서히!

아무 일도 아니야

자주 주변환경에
휩쓸리곤 했다

혹여나 미움 받지 않을까 하며
움츠러들었다

시간이 조금 더 흐른 지금,

그런 일에 연연하지 않는 것이
중요하다는 걸 알았다

의식적으로 생각을 끊는 연습

아무것도 아니라고 여기면

정말 아무것도 아닌 게 돼.

모든 일은 내가 어떻게

그 일을 바라보는지에 따라 결정돼.

너무 많은 것들에 의미 부여하지 않기.

외로움의 종류

후자의 것을
사람에게서 채우려 할 때

더욱 공허해지곤 했다

나의 마음을 누군가가
채워주기를 바라기 보다

스스로 채워나가는
연습을 해나가야지 ☺

자연스러운 내가 좋아

그렇게 꾸며진 모습이
어느날 무척 낯설게 느껴졌다

이도저도 아닌 모습

내 마음이 자꾸
나를 혼내고 꾸짖었다

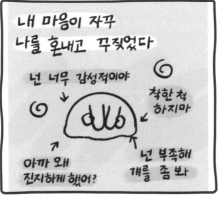

넌 너무 감성적이야

착한 척
하지마

아까 왜
진지하게 했어?

넌 부족해
걔를 좀 봐

이제는 이 문구를 되새긴다

'자연이 자네를 박쥐로
만들었다면, 타조가 되려고
애쓰지 말란 말이야'

- 헤르만 헤세 · 데미안 中

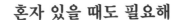 혼자 있을 때도 필요해

성격 테스트를 하면

독립적

건조

호!

혼자

늘 '독립적'이라는
말이 포함되어있다

성향 자체가 혼자
꼼지락 거리는 걸 좋아한다

인간관계에서도

사회성은
좋으나

노력형..

생각   생각

소극적이지만
꽤나 노력하는 편이다

마음 헛헛..

그 노력은 꽤 많은
감정소모를 가져와서

가족만 만남

또 특정 기간은 은둔해버린다

나는 그 기간을
아주 소중히 여긴다

나를 보호하는 시간이고

다시 충전하는 시간이라서

(자리감)

예전에는 이런 모습을
싫어했다면

집콕   모드

이제는 인정하고 받아들인다

스스로의 기준으로

관계와 나 사이에서
적절한 균형을 잡는다

욕심이겠지만

사람들뿐 아니라
스스로와도 좋은 관계를 갖고 싶다

혼자 있는 걸 좋아하지만

그래도 사람에게서 얻는 힘도 무시할 순 없어요.

누군가가 있기 때문에 안전하게

혼자 있는 것을 좋아할 수 있는 거니까요.

그림을 그려서
불특정 다수에게 보여주면서

반응에 일희일비하게 된다

그런 부담감이
스트레스가 되어서

작업을 놓을 때도 많았다

그러다가 만나게 된
하루키의 말

어쩌면 무모하지만
분명한 용기가 된 말이다

여전히 나의 철칙 중 하나

즐기면서 나아가기 !

세 가지의 믿음

그럼에도 품으려고 했던
세 가지의 믿음

나만이 그리고 쓸 수 있는
이야기가 있다는 것

누군가는 분명 좋아할 거라는 것

저마다 본인의 색이 있고
계속해서 시도하고 표현하면
마침내 빛을 볼 거라는 것

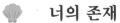

늘 힘껏 반겨주고

소소한 웃음을 주며

무한한 사랑을 주는 너

위로가 되어주기도 하는 너를

존재 자체로 사랑이라는 말을

실감하게 해 주는 너의 존재.

너를 통해서 사랑을 배우고 느껴.

내 선택으로

내 선택으로

눈 감고 귀 막으며
나아가는 건 어렵지만

뭐 어때~

그 순간들에 '뭐 어때~'
하고 넘기는 일이 많았으면

얼룩덜룩
누군가에 의해서
칠해지는 순간보다

어설프고 불안해도
내 선택으로
나아가는 순간이 많아지길

바리수의 실체

사실 바리수는

토끼가 아니에요

바리수 이야기는
제가 힘들 때 그렸어요

그래서 이불 속에 뿔이 달린
캐릭터를 만든 거예요

그 당시에는 마음이 힘들어서

안 좋은 생각만 가득 했거든요

노랑 : 밝음. 긍정

보라 : 슬픔. 울적

BARI   SU

보여지는 나는 밝지만

속은 어두운 캐릭터

지금은 긍정적이고 밝은
캐릭터로 보이지만

그림 그리면서 많이 좋아진 거예요

힘들고 어두운 마음이
얼마나 지치는지 알기에

더 따뜻하고 밝은 이야기를
그리려고 노력해요

그렇게 누군가에게
자그마한 기쁨이 된다면

그 자체로 뿌듯하고 행복해요

4년 동안 그리면서
저도 덩달아 밝아졌답니다

지금은 얼떨결에 토끼가 된

바리수의 숨겨진 이야기 ☺

기대고 싶지 않아

성격상 잘 의지하려고
하지 않는다

다시 일어서는 일이 힘든 탓에

혼자서 다 감당하려고 한다

나를 지키기 위한 일이다

소극적인 마음

시간이 흐르면 막연하게
그런 능력이 생길 거라고

나이가 하나 둘 채워진 지금,

오히려 더 소극적이고
힘을 쓰지 않는 내가 되었다

시간으로 채워진 거라곤
결국 멀어진다는 슬픈 마음

굳이..

어떻게
지내려나?

응

?

흐릿하게 멀어진 사람도

손에 닿을듯 가까운 사람도

관계에 능숙해지기 보단

그저 덜 상처 받으려고
애쓰는 마음이 되었다

　　어릴 적 떠올리던 어른의 모습은 상처받지 않고 많은 사람
과 쉽게 만나고 떠나는 모습이었는데 오히려 더 서툰 어른이 되
었어. 앞으로도 서툴 예정이지만 그럼에도 사람에게 받는 분명
한 온기를 떠올리며 인연을 맺는 일에 도망치진 말아야지.

당연한 상처

우리는 서로의 마음을
상하게 하기도

웃게 만드는 일도 있겠지만

끊어지지 않는 그 어딘가에서

애정으로 오래오래 함께 하자

상대의 모난 점을 받아주고

상대 또한 나를 그렇게
받아주는 것

꾸며지지 않은
우리의 모습 그대로

감정은 전염되니까

감정은 옮기가 쉽다

부정적인 감정은 주변에 더욱 쉽게 퍼지고

짜증나

이를 감정전염이라 한다

누군가의 짜증으로 하루에 짜증이 번질 때도

나도 짜증나

누군가의 웃음으로 하루가 즐거워질 때도 있다

좋은 하루 보내세요!

좋은 하루 보내세요

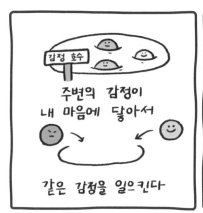

주변의 감정이
내 마음에 닿아서

같은 감정을 일으킨다

내 감정의 호수를
잘 돌보아야지

조금 더 단단해지길

단단한 사람이 되고 싶다

지금의 나는
물렁거리는 사람이라

조금 더 뚜렷해지고 싶다

괜찮지 않은 일에
괜찮아 하지 말고

필요 이상으로 미안해하지 않기

혼자서 끙끙 앓지 않기

to 오지라퍼

무례한 사람에게 친절한 건 나 자신에게 미안한 일.

애쓰는 마음

사람을 잘 싫어하지 않는다.

찝찝해

누군가를 싫어하는 마음이
힘들고 싫기 때문이다

그래서 자주 누구를
미워하기 보다는

내가

속이 좁나

나도 참

그런 마음을 갖는 나를
미워하고 나무랐다

마음을   고쳐 먹자

그게 조금 더 쉽고 편했다

본성은 착할 거야

좋은 면도 있지   사정이 있겠지

그러면서 상대를 과할 정도로
이해하려고 노력했다

분명 맞는 말이다

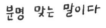

오롯이 나쁘기만 한
그런 사람은 없으니까

하지만 이제 더이상
누군가를 과하게 이해하려고

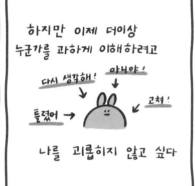

나를 괴롭히지 않고 싶다

이제는 미운 사람은 미워하고
그 마음을 인정한다

난 모두를 사랑할 수 없다

좋은 면을 보려고 여전히
노력은 하겠지만

이제는 인정해.

싫은 건 싫은 거고,

누군가가 나를 미워할 수 있고

나 또한 그럴 수 있다는 걸.

착해야 한다는 프레임 안에 가둬 두고,

나를 힘들게 하는 사람도

좋게 생각하라고 강요하지 않을 거야.

좋은 곳에서 자주 오래

나를 의심하게 만드는 곳과

나를 그대로 보여도
괜찮은 곳이 있다

나를 바꾸길 바라는 곳에서는
멀어지고

좋은 사람들 곁에서
자주 오래 머물거야

 말에는 힘이 있어

어떤 말은
오래 오래 큰 힘이 되어주고

어떤 말은
오래 마음에 남아 상처를 준다

말의 힘에 대해서
생각하게 되는 요즘

누군가에게
상처를 주기 보단

내가 솔직해서~

노 필터링~

애정을 보내요~

따뜻함을 줄 수 있길

내 마음도, 말그릇도 넓혀서

따뜻한 마음을 나누어야지

안경은 하나가 아니야

자주 색안경을 끼고
옳고 그름을 따지곤 했다

사람은 본인이 경험한 대로
세상을 본다고 하는데

나는 그런 편협한 시선으로
섣불리 판단했다

여전히 나는 나의 시선으로만
세상을 볼 수 있겠지만

지금 내가 보는 세상은

온전히 내 기준의 것.

세상에 내가 알지 못하는

수많은 기준이 있고

수많은 형태가 있다는 걸 떠올리면

한없이 겸손해져.

섣불리 오만을 부리지 않기로.

나를 지탱해 주는 것

상대를 위해서는
상대에게 필요한 걸 주라는데

당장 나에게 필요한 것도
잘 모르는 내게

여전히 어려운 일이다

서로를 오해해서
실망할 때도 있겠지만

서로의 서툰 마음을
이해해주는 우리가 되자

애정의 힘

더이상 해나갈 힘이
없을 때

나를 지탱해주는 사람들을
떠올려본다

나에게 주었던
애정들을 하나 둘 떠올리면

왠지 강한 사람이 된다

다시!

그 애정들이 힘들 때의
나를 지탱한다

애정의 순환

이렇게 배운 애정을

다른 이에게 표현하며

애정의 순환이 일어난다

이 순환이 서로의
하루를 더 따스히 해줄 거야

지난 날에게 배운 것

③ 내가 있어야 가족도 애인도
   친구도 있는 것!

나를 잘 챙기자!

④ 괜한 질투심 유발· 밀당은
   오히려 독이다··

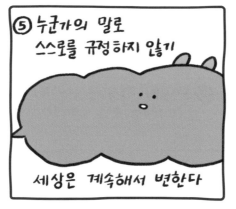

⑤ 누군가의 말로
   스스로를 규정하지 않기

세상은 계속해서 변한다

⑥ 좋아하는 건 많-이 !
(남에게 피해 X)

⑦ 기회는 어디서나 오니까
늘 마음을 열어두고 움직이기

⑧ 그리고 나의 계절은
반드시 찾아온다는 것

EPILOGUE

　매일 끄적끄적 그림을 그리다 보니 이렇게 책으로 엮어낼 수 있는 양이 되어 있었어요. 이 그림들을 보면서 '이건 나랑 같네.', '이건 아니지.' 하면서 보셨을까요?

　누군가에게 생각을 내비치는 건 쉽지 않은 일이에요. 하지만 나와 같은 이가 있다는 걸 분명히 믿고, 어쩌면 그이가 나의 이야기를 통해서 자그마한 기쁨을 느낄 수 있으리라 생각하며 여전히 그리고 쓰고 있습니다. 조금 더 욕심을 낸다면 앞으로도 오래오래(그러니까… 평생) 누군가에게 닿을 수 있고 읽힐 수 있다면 좋겠습니다.

　설익은 생각과 이야기들을 뭐라도 되는 것마냥 이렇게 책으로까지 내게 되어서 부끄러움도 있지만 너른 마음으로 봐주실 거라고 감히 생각해 보아요. 여기까지 귀한 눈길 보내 주셔서 감사합니다. 편안한 하루 보내세요. 고맙습니다.

가끔은 그저 흘러가도 돼

1판 1쇄 발행 2021년 09월 10일
1판 4쇄 발행 2023년 01월 18일
2판 1쇄 인쇄 2023년 06월 14일
2판 1쇄 발행 2023년 06월 21일
3판 1쇄 인쇄 2023년 08월 01일
3판 1쇄 발행 2023년 08월 08일

지 은 이 바리수

발 행 인 정영욱
편집총괄 정해나
디 자 인 차유진

펴낸곳 (주)부크럼
전 화 070-5138-9971~3 (도서기획제작팀)
홈페이지 www.bookrum.co.kr
이메일 editor@bookrum.co.kr
인스타그램 @bookrum.official
블로그 blog.naver.com/s2mfairy
포스트 post.naver.com/s2mfairy

ⓒ 바리수, 2021
ISBN 979-11-6214-374-2 (03800)